ऐसी कैसी नींद

वाणी प्रकाशन

21-ए, दरियागंज, नई दिल्ली-110002

फोन: 23273167, 23275710

e-mail : vani_prakashan@yahoc com

vani_prakashan@mantraonline. ·om

ऐसी कैसी नींद

भगवत रावत

वाणी प्रकाशन का 'लोगो'
विख्यात चित्रकार एम.एफ. हुसैन का
बनाया हुआ है।

ISBN : 978-81-8143-139-4

वाणी प्रकाशन
21-ए, दरियागंज, नयी दिल्ली-110002
द्वारा प्रकाशित

प्रथम संस्करण : 2004

मूल्य : 150.00

शुभम् ऑफसेट, शाहदरा, दिल्ली-110032
में मुद्रित

AISE KAISE NEEND
by Bhagwat Rawat

प्रिय **सलिल** की स्मृति को
जिसके बिना
जीवन का यह शेष समय
मेरे लिए
सचमुच दूभर हो गया

अनुक्रम

सुनो अशोक

सुनो अशोक!
अब मारने वाला नहीं रहा हत्यारा
हत्यारा वह जो बचा नहीं पाया
बचा नहीं पाया और बचा रह गया
फिर रहा मारा-मारा
सिर झुकाये चुपचाप
खोजता लाशों के बीच
अपनी आत्मा

अब वह नहीं रहा
होता था जो मारने वाले से बड़ा
मारने वाले से बड़ा
मुहावरे से भी बाहर हो गया
नहीं अब नहीं कहीं कोई अपराध
नहीं कहीं कोई ग्लानि
कोई पश्चाताप
अब तो पूरा देश हो रहा कलिंग
बदला जा रहा इतिहास
लौट आओ
मत करो अपने किये का
कोई शोक
अशोक।

आत्मा का गीत

जीवन अब तक का जिस छन्द में जिया
तुकें तो मिलीं कभी-कभी लेकिन
अर्थ के गहरे कूप का निर्मल जल
झिलमिलाता दिखा
पीने को नहीं मिला

कहने को कहते रहें लोग कुछ भी
अच्छा-बुरा मेरे बारे में लेकिन
क्या-क्या किया क्या कर नहीं पाया
यह सब मुझसे ज़्यादा
किसी और को नहीं पता

मुश्किल से छोड़ते हैं शब्द अपना घरबार
ज़्यादातर बैठे रहते हैं देहरी में ही अड़कर
लेकिन जो बिन बुलाये चल पड़े मेरे साथ
उनके बल पर ही अब तक
नाचता गाता फिरा

बीत गया काया का गुमान धीरे-धीरे
घट के भरे होने का भरम रीत गया
फिर भी है कुछ जो पुकारता है बार-बार

प्यास का घड़ा
फिर भी, फिर भी नहीं भरा

मृत्यु के पार कहीं कोई आकर्षण नहीं
हवा का कोई झौंका, कोई बारिश की बूँद नहीं
रंग नहीं, रूप नहीं, धरती-आकाश नहीं
लेकिन एक बार अर्थ के स्वाति-जल की
एक बूँद मिल जाती
तो इसके बाद मृत्यु से नहीं डरता।

बैलगाड़ी

एक दिन औंधे मुँह गिरेंगे
हवा में धुएँ की लकीर से उड़ते
मारक क्षमता के दंभ में फूले
सारे के सारे वायुयान

एक दिन अपने ही भार से डूबेंगे
अनाप-शनाप माल-असबाब से लदे-फँदे
सारे के सारे समुद्री जहाज़

एक दिन अपनी ही चमक-दमक की
रफ्तार में परेशान सारे के सारे वाहनों के लिए
पृथ्वी पर जगह नहीं रह जायेगी

तब न जाने क्यों लगता है मुझे
अपनी स्वाभाविक गति से चलती हुई
पूरी विनम्रता से
सभ्यता के सारे पाप ढोती हुई
कहीं न कहीं
एक बैलगाड़ी ज़रूर नज़र आयेगी

सैकड़ों तेज़ रफ्तार वाहनों के बीच
जब कभी वह महानगरों की भीड़ में भी

अकेली अलमस्त चाल से चलती दिख जाती है
तो लगता है घर बचा हुआ है

लगता है एक वही तो है
हमारी गतियों का स्वस्तिक चिह्न
लगता है एक वही है जिस पर बैठा हुआ है
हमारी सभ्यता का आखिरी मनुष्य

एक वही तो है जिसे खींच रहे हैं
मनुष्यता के पुराने भरोसेमंद साथी
दो बैल।

मनुष्य

दिखते रहने के लिए मनुष्य
हम काटते रहते हैं अपने नाखून
छँटवाकर बनाते-सँवारते रहते हैं बाल
दाढ़ी रोज न सही तो एक दिन छोड़कर
बनाते ही रहते हैं

जो रखते हैं लम्बे बाल और
बढ़ाये रहते हैं दाढ़ी वे भी उन्हें
काट छाँट कर ऐसे रखते हैं जैसे वे
इसी तरह दिख सकते हैं सुथरे-साफ

मनुष्य दिखते भर रहने के लिए हम
करते हैं न जाने क्या-क्या उपाय
मसलन हम बिना इस्तरी किये कपड़ों में
घर से बाहर पैर तक नहीं निकालते
जूते-चप्पलों पर पालिश करवाना
कभी नहीं भूलते
ग़मी पर भी याद रही आती है हमें
मौके के मुआफिक पोषाक
अब किसी आवाज़ पर
दौड़ नहीं पड़ते अचानक नंगे पाँव
कमरों में आराम से बैठे-बैठे

देखते रहते हैं नरसंहार

और याद नहीं आता हमें अपनी मुसीबत का
वह दिन जब हम भूल गये थे
बनाना अपनी दाढ़ी
भूल गये थे खाना-पीना
भूल गये थे साफ-सुथरा पोषाक
भूल गये थे समय दिन तारीख
भूल जाते हैं हम कि बस उतने से समय में
हम हो गये थे कितने मनुष्य।

बच्चों के लिए एक कथा

थोड़ा सा समय निकालकर
सुना सकें तो बच्चों को यह कहानी
ज़रूर सुनाएँ

कुछ दिनों पहले तक
कुछ लोग हुआ करते थे
वे एक दूसरे के दोस्त कहलाते थे
दोस्त उन्हें कहा जाता था
जो एक ही माँ-बाप की संतान न होते हुए भी
एक ही माँ-बाप की संतानों की तरह रहे आते थे

वे बेरोकटोक एक दूसरे के घरों में आते-जाते
धीरे-धीरे वे एक-दूसरे के सपनों में भी
आने-जाने लग जाते थे
उनके घरों के दरवाज़े कभी बन्द नहीं होते थे
दरवाज़ों पर ताले तो तभी लगाये जाते थे
जब दुर्भाग्य से घरों में कोई बचता नहीं था
उनके दरवाज़ों पर कोई कॉल बेल नहीं होती थी
वे एक दूसरे को
ज़ोर से आवाज़ लगाकर बुलाते थे

एक दिन उनके बेटे-बेटियाँ भी

इसी तरह एक दूसरे के दोस्त हो जाते
वह कोई सतयुग नहीं था
उनमें भी लड़ाई-झगड़ा, कहा-सुनी होती थी
घरों में बरतन थे
आपस में टकराते थे
लेकिन वे एक दूसरे के
दोस्त रहे आते थे
ऐसा भी होता कि वे
बरसों एक दूसरे से मिल नहीं पाते
दुनिया-जहान घूमकर जब वे वापस आते
तो एक दूसरे से मिलकर
बच्चों की तरह ही हँसते-ठिलठिलाते थे

यह बात और है कि थकी हुई उस उम्र में
हँसते-हँसते उनकी आँखों में
आसूँ भी आ जाते थे
और तब वे पहले से ज़्यादा
खूबसूरत लगते थे।

थोड़ा-सा समय निकालकर
सुना सकें तो बच्चों को
यह कहानी ज़रुर सुनाएँ।

शाकाहारी-मासांहारी

कुछ लोग उसूलन चावल नहीं खाते
कुछ लोग गेहूँ को हाथ तक नहीं लगाते
कुछ लोग
सब्ज़ियों-तरकारियों के रूप, रंग और
गंध के कारण ही करते हैं उनसे परहेज़

वे नहीं जानते कि इस तरह वे
जाने-अनजाने भीतर ही भीतर होते जाते हैं
कितने निर्मम
कितने कठोर

ऐसे लोगों की
ज़्यादातर चीज़ों के बारे में
होती नहीं कुछ अच्छी राय
प्रेम के बजाय अक्सर उनके पास होता है
शिकायतों की शिकायतों का अम्बार

क्षमा करें
मैं खाने-पीने की चीज़ों को लेकर
न तो किसी की निन्दा कर रहा हूँ
और न कोई सिद्धान्त गढ़ रहा हूँ
केवल अपने ही शुद्ध-शाकाहारी लोगों के बीच

धीरे-धीरे जड़ पकड़ती
असहिष्णुता और हिंसा की ओर
इशारा भर कर कर रहा हूँ
रही मांसाहारियों की बात
तो सबसे पहले सोचें उनके बारे में
जो मनुष्य और मनुष्यता को
खड़े-खड़े
कच्चा चबा जाते हैं
और दुनिया के मसीहा कहे जाते हैं
हम उन्हें ऐसा करते केवल देखते रहते हैं
और शायद यह सोचकर खुश होते हैं
कि यह कहर हम पर नहीं टूटा

फिर इसके बाद क्या फर्क़ पड़ता है
कि कौन मासांहारी है
कौन शाकाहारी है।

इसके पहले

इस बस्ती में
इतने शामियानें, इतने लाउडस्पीकर
इतनी रोशनी, इतनी चमक-दमक
इतनी आवाजाही, इतनी धौंस-धपट
इतनी चौकसी
इतना इन्तज़ाम
इसके पहले तो कभी हुआ नहीं

इतना शोर गुल, इतनी हाय-तौबा
इतनी भागमभाग, इतनी होड़ा होड़ी
इतनी मारकाट, इतनी अफरा-तफरी
इतनी धक्कामुक्की
इतना घमासान
इसके पहले तो कभी हुआ नहीं

इतने हार फूल, इतनी मालाएँ
परदों पर थिरकती इतनी सुरबालाएँ
इतने-इतने संत, इतने उपदेश
इतनी कथा-वार्ताएँ, इतने गौरव गान
इतना गाली-गलौज
इतना धरम-ईमान
इसके पहले तो कभी हुआ नहीं।

हुआ तो वही

पता नहीं 'बुद्ध' ने कभी
किसी से कहा था या नहीं
कि संघ के जीवन में एक दिन
ऐसा आयेगा
जब धर्म को धराशायी करने वाला ही
धर्म की ध्वजा फहरायेगा

'बुद्ध' ने कभी किसी से ऐसा कहा
इसका तो कहीं कोई प्रमाण नहीं
लेकिन 'बुद्ध' ने जो-जो कहा वह तो
हज़ारों-हज़ारों को
मुँह ज़बानी याद है

फिर उसका क्या हुआ
हुआ तो वही-वही
जो 'बुद्ध' ने कभी किसी से नहीं कहा।

सुनहु पवनसुत रहिन हमारी

पिछले एक वर्ष में
अर्थात् फरवरी ' 2002 के बाद से अब तक
मेरे घर के आसपास अचानक उग आये
कई-कई मंदिर

एक घर के पिछवाड़े
एक सामने की सड़क के बायें मोड़ पर
एक घर के ठीक सामने सड़क पार कर
सारे मंदिर इतने-इतने पास
कि उनके अलावा अब और कोई नहीं
आसपास

सभी पर लगे हुए चार-चार लाउडस्पीकर
दसों-दिशाओं में करते रहते हैं
निरन्तर जय घोष
बड़ी सुबह से दोपहर तक
शाम से बड़ी देर रात तक

पिछले एक साल में
धरम मेरे चारों ओर इतना-इतना बढ़ा कि मैं
अपने ही घर में अधरमी हो गया
सुनाई नहीं देती अब मुझे

घर के भीतर की कोई चीख
घर के बाहर की कोई पुकार

इस तरह घेर लिया गया हूँ सब तरफ से
चिह्नित हो गया है बीचों-बीच फँसा
मेरा घर ऐसे
फँसी रहती हैं जैसे दाँतों के बीच
बेचारी जीभ

न लिख पाता हूँ न पढ़ पाता हूँ
भीतर ही भीतर गुस्से में
तुलसी बाबा की चौपाई दोहराता हूँ
सुनहु पवनसुत रहनि हमारी।

वह लड़की

एक दूसरे को बेदर्दी से रौंदते-कुचलते
जीवन के बीच जिस तरह वह लड़की
हर क्षण मरते मनुष्य को
बचाये रखना चाहती है अपनी
अबोध भाषा में
मैं उसकी कविताएँ पढ़कर
ईर्ष्या से भर गया

कितने दिनों से कुछ लिख नहीं पाया
और लगा शायद यही सब तो कहना
चाहता रहा
बनाता रहा
न जाने कितनी देर तक उसका चेहरा
अपनी आँखों में कुछ इस तरह
कि अपनी इस उभरती उम्र में भाषा से
इस तरह गुज़रते हुए उसका क्या हाल हुआ होगा

सोचता रहा कि हमारे हाथों से निकलकर
गलीकूचों से होती हुई भाषा कहाँ से कहाँ
पहुँच गई बच्चों के हाथों में
और हम उन्हें छोड़कर उनके हाल पर
अपने लिए नया मुहावरा गढ़ने के चक्कर में

कविताओं के लिए विषय
और रूपक खोजते रहे

और वह लड़की
अपनी अबोध भाषा में इस तरह
संपूर्ण खड़ी है कि कहीं
खुद के होने का कोई गुमान तक नहीं

अब इसके बाद भी कोई उ
पढ़े न पढ़े।

आत्मस्वीकार की शालीन विनम्रता

आत्म स्वीकार की शालीन विनम्रता से
बार-बार खुद को धिक्कारना
अपनी ही नज़र में
थोड़ा ऊपर उठना
अपनी ही जात में
थोड़ा सा अलग दिखना भी एक छल है

तुम समर्थ हो
तुम्हारे पास खुद को
    धिक्कारने की भाषा है

तुम किस भाषा में
अपना अर्थ पाना चाहते हो
फिर इसके बाद कहाँ जाओगे

शब्द देर तक किसी का लिहाज़ नहीं करते
अर्थ ही उनमें देर तक बँधा नहीं रहता
कितने दिन अपने आपको
    इस तरह छिपाओगे

उठो, और कुछ दिन
जीवन के बीहड़ में वास करो

अपने ही निर्जन में कहीं ख़ामोशी से
    एक वृक्ष रोपो

और जब तक वह बाहर निकलकर
औरों को छाया देने लायक न हो जाए
    किसी से कुछ मत बोलो

ऐसा कुछ करो
किसी अँधेरी सीलन भरी बदबूदार गली में
जीवन की तरह उतर कर देखो
बरसों पहले
पीपल के पत्ते की तरह थरथराता
    छोड़ आये थे जो मुहल्ला
    गालियों और गरीबी से
    बजबजाता
एक बार नंगे पाँव
उसकी गलियों में घूम आओ

इसके बाद शायद
खुद को धिक्कार कर संतुष्ट हो लेने की यह भाषा
सूखी पपड़ी की तरह
खुद-ब-खुद झर जाए
और बहुत देर तक मुँह से एक बोल तक न फूटे

फिर शायद कुछ जन्म ले भीतर
शायद तब सुनाई दे
बच्चे के पहली बार रोने जैसी
खुद के होने की कोई आवाज़

शायद तब.....
कौन जाने।

आपने भी तो

अर्थ तो थोड़े बहुत बदलते ही रहते थे लेकिन
अब तो शब्दों ने अपने आधार बदल दिए हैं

कल तक जिनकी खिड़कियाँ-दरवाज़े
कुछ खुले-खुले दिखते थे लेकिन
जब से सपना टूटा समाजवाद का
बड़े बड़ों ने नामों सहित घर-द्वार बदल दिए हैं

हवा और पानी पहले भी कुछ न कुछ
दूषित थे लेकिन जब से खुले बाज़ारों की
हवा बही तेज़ी से तब से तो मूल्यों ने पूरी तरह
आचार-व्यवहार बदल दिए हैं

जिनके पास सचमुच
कुछ कर गुज़रने की इच्छा थी, कुव्वत थी लेकिन
गोदामों जैसे औरों के भरे-भरे घरों को देख-देखकर
उनने भी अपने व्यापार बदल दिए हैं

इस समय भी कहीं कोई देख रहा हो सपना
क्या मालूम, लेकिन जब से झूठे पड़े
मेहनतकशों के नारे तब से तो

अच्छे-अच्छों ने सोचने-समझने के औज़ार बदल दिए हैं

धर्म और मज़हब के नाम पर पहले भी
तोड़ा-फोड़ा गया लेकिन
जब से धूमधाम से ढहाई गई बाबरी मस्ज़िद
तब से तो मंदिरों-मस्जिदों ने पूरी तरह
अपने किरदार बदल दिए हैं

रावत जी उठिए
किसी और से क्या कहेंगे आप
ग़ौर से देखिए कहीं आपने भी तो नहीं
अपनी ग़ज़ल के अशआर बदल दिए हैं।

अब ऐसा कोई रास्ता नहीं बचा

ज़्यादा दिन नहीं हुए कुछ दिनों पहले की बात है
एक पंडित श्याम सुन्दर थे

लड़ने पर आते तो भगवान से लड़ जाते थे
उम्र भर चले अपने ही रास्ते पर
नेक नीयत और मेहनत की कड़ी परीक्षाएँ देते रहे
और मरते दम तक हर एक के काम आए

उन दिनों मुहल्ले की गलियों में रोशनी कहाँ होती थी,
पर एक गप्पे-कक्का थे
चाट का ठेला लगाते थे
नित नई गप्पों से ग्राहकों का मन बहलाते थे
आधी रात बाद
खीसे में गल्ले के पैसे डालकर
ठाठ से गाते हुए घर पहुँच जाते थे
बिना किसी से टकराए

एक था रहमान जो सबका दोस्त होता था
बिना गाली दिए किसी को आवाज़ नहीं देता था
जिससे नाराज़ हो जाता उसी से उर्दू बोलने लगता था
कितने दिन बीत गए

उस तरह कोई गाली खाए

सब तरफ सावधानियाँ ही सावधानियाँ
जीभ जल जाए जो सच मुँह से निकल भर जाए
अब ऐसा कोई रास्ता नहीं बचा
कि बिना दहशत, बगैर चोट खाए
कोई घर पहुँच जाए।

ऐसी कैसी नींद

एक-एक पल घटते जाना ऐसे जैसे कद घटता हो
एक-एक कर सबसे कटते जाना ऐसे, जैसे घर आंगन का
कोई छायादार पेड़ कटता हो

यह अनुभव भी कैसा उनके लिए, जिन्होंने
दुनिया भर को सचमुच अपना घर माना हो
बचपन से ही कितना-कितना प्यार किया था
वह तो शायद अब भी वैसा का वैसा हो, लेकिन
सब कुछ इतना बदला, इतना जैसे कुछ भी अपना नहीं
जिसे खूब जाना पहचाना जीवन भर तक
किसी एक दिन पता चले यह वह भी अब कितना अनजाना

पकी उम्र तक आते-आते इस जीवन का मर्म जानकर
रिश्तों को तो पहले से भी ज़्यादा घना-घना होना था
इतना घोर अकेलापन क्या बात हो गई
कुछ तो था जो बहुत जरूरी कहीं खो गया
वरना भाषा इतनी अवश तो न थी
कि किसी तक
एक दूसरे के खामोशी से रोने की
आवाज़ नहीं पहुँचा पायेगी

कविता का यह बहुत पुराना रूपक है कि प्यार

कुछ नहीं सिवा इसके कि आग के गोले जैसा
जलते-जलते सिर्फ अकेले चलते जाना, चलते जाना
और किसी दिन थककर चूर-चूर हो जाना
निराकार-आकार शेष में घुल-मिल जाना

किन्तु मृत्यु का भय मेरा भय नहीं क्योंकि वह परम सत्य है
मैं तो जग के इस विराट में अपनी दुनिया खोज रहा हूँ
जिसे रचा था मैंने अपने ही हाथों से
कौन चुराकर उसे ले गया
ऐसी कैसी नींद लग गई।

कलियुग में जब

कलियुग में जब दिखाई देने लगें
जगह-जगह तिलकधारी-सतयुगी से चेहरे
तो यह नहीं समझना चाहिए कि सतयुग आ रहा है
इसी तरह जब धर्म से ज़्यादा फहराने लगें
धर्म की ध्वजाएँ तो समझना यह चाहिए कि अब
सचमुच धर्म रसातल में जा रहा है

जब कट्टर और कठोर
अचानक दिखने लगें सहृदय-उदार
मनुष्यता और मानवता के पक्ष में करने लगें
कुछ ज्यादा ही तत्सम भाषा का व्यवहार
तो समझ लेना चाहिए
कोई न कोई नया हथियार बनाया जा रहा है

बाज़ार में खरीदी हुई चीज़ों के साथ
जब दिये जाने लगें
खूबसूरत आकर्षक उपहार
तो रुककर सोचना चाहिए कि अब आपको
किस विधि से ठगा जा रहा है

जब राजा दिखाई देने लगे
कुछ अधिक भावुक, ग्रुणग्राहक, कलावंत
और घर-घर में

होने लगे उसकी उदारता का प्रचार,
तब तो समझ ही जाना चाहिए कि कोई
जघन्य अपराध छिपाया जा रहा है

दोस्तो! चेहरे पर मूंछें ही सब कुछ नहीं कहतीं
चेहरों पर पुती कुटिल शराफत
और हिंसक विनम्र मुद्रा से ही
पता लगा लेना चाहिए
कि हिटलर अभी मरा नहीं ज़िन्दा है
और बाकायदा वापस आ रहा है

उपदेश देना मेरा उद्देश्य नहीं
मैं तो अपने कुछ सच्चे धर्म प्राण मित्रों से कहना चाहता हूँ
कि मैं ही नहीं आप भी गहरे संकट में हैं
और वह दिन-ब-दिन गहराता जा रहा है।

हत्या और अपराध

एक समय था जब
रहस्य और रोमांच से भरी होती थीं
हत्या और अपराध की कथाएँ
कुछ ऐसे जोखिम होते थे उनमें
कि साहस और चतुरता की दाद दिये बिना
रहा नहीं जाता था

रोंगटे खड़े कर देने वाली वे वारदातें
कुछ इस तरह सजीव होती थीं कि पलभर को
किसी को विश्वास नहीं होता था
और जब चरम बिन्दु पर पहुँचते थे उनके चरित्र
तो उनमें से मनुष्यता का कोई न कोई चेहरा
इस तरह बार-बार झांक जाता था कि वे
हत्यारे और अपराधी रह नहीं जाते थे

कहाँ चले गये वे सारे के सारे जो
गरीबों, भिखारियों और सताये हुए लोगों के सपनों में
मुक्ति-दाता की तरह आते थे
जो अपनी बात के पक्के थे और सही समय पर
सही जगह पहुँच जाते थे
अत्याचारी जिनके नाम से थर्राते थे
और उनमें से कुछ तो करूणा और दया के

फरिश्ते कहे जाते थे

कहने की जरूरत नहीं कि इन दिनों
अपराधी और हत्यारे खुलेआम घूम रहे हैं
और हम देख रहे हैं
वे हमारे घरों में घुसे हुए हैं और हम उन्हें चाय पिला रहे हैं
वे सम्मानित किये जा रहे हैं और हम तालियाँ बजा रहे हैं
अब कहीं कोई रहस्य कोई रोमांच नहीं बचा
मनुष्यता को बचाने का कहीं कोई जोखिम नहीं बचा
धीरे-धीरे हम उनके साथ होते जा रहे हैं
धीरे-धीरे हम उनकी आँख, नाक, कान, पैर और हाथ
होते जा रहे हैं।

अरथ-अकारथ

उसने कहा उस पेड़ पर चढ़कर दिखाओ जिस पर
अब अपनी मेहनत से निस्वार्थ कोई नहीं चढ़ता

मैं इस उम्र में भी उस पर चढ़ा और मन ही मन खुश हुआ
कि चलो अभी थोड़ी बहुत ताकत बची है और ऐसे कामों का
कहीं कोई अर्थ है

फिर एक दिन उसने कहा अब वहाँ से कूदकर दिखाओ
नीचे तो कोई भी उतर सकता है

मैंने वह भी किया और इस बार इसलिए खुश हुआ कि चलो
इतनी स्फूर्ति अब भी बची है कि हाथ पैर नहीं टूटे और यह
कि इतनी संकल्प शक्ति आज भी स्पृहणीय है
जब दोनों काम मैंने सफलतापूर्वक कर लिए और उसके पास
कहने को कुछ नहीं बचा तब एक दिन उसने
दार्शनिक अन्दाज में कहा—

अव्वल तो उस पेड़ पर चढ़ने का कोई मतलब नहीं था
और उसके बाद उस पर से कूदना तो बिल्कुल बेमानी था
इसके बाद उसका चेहरा एक कुटिल मुस्कराहट में बदल गया

तब पहली बार मुझे अपने पर
सचमुच का क्रोध आया
अपनी मूर्खता पर सचमुच की हँसी आई
कि उसके इशारों पर यही करते-करते
मैंने अपनी आधी से ज़्यादा उम्र यूँ ही बिता दी।

जब कहीं चोट लगती है

जब कहीं चोट लगती है, मरहम की तरह
दूर छूट गये पुराने दोस्त याद आते हैं

पुराने दोस्त वे होते हैं जो रहे आते हैं वहीं के वहीं
सिर्फ हम उन्हें छोड़कर निकल आते हैं उनसे बाहर

जब चुभते हैं हमें अपनी गुलाब बाड़ी के काँटे
तब हमें दूर छूट गया कोई पुराना कनेर का पेड़
याद आता है

देह और आत्मा में जब लगने लगती है दीमक
तो एक दिन दूर छूट गया पुराना खुला आंगन याद आता है
मीठे पानी वाला पुराना कुआँ याद आता है
बचपन के नीम के पेड़ की छाँव याद आती है

हम उनके पास जाते हैं, वे हमें गले से लगा लेते हैं
हम उनके कन्धे पर सिर रखकर रोना चाहते हैं
वे हमें रोने नहीं देते

और जो रुलाई उन्हें छूट रही होती है
उसे हम कभी देख नहीं पाते।

फोटोजेनिक

अपने ही लिखे हुए को
छपे हुए शब्दों में देखना और दोनों को मिलाना
ऐसा अनुभव है जैसे स्वयं को फोटों में देखना

खुशनसीब होते हैं वे जिनका चेहरा
फोटोजेनिक होता है
या जिन्हें आता है फोटो उतरवाना
जो कैमरे की आँख और अपने चेहरे की भंगिमाओं को
अलग-अलग जानते-पहचानते हैं

जो कविताएँ फोटोजेनिक नही होतीं
जिन्हें आता नहीं फोटो उतारवाना
उन्हें तब तक इन्तज़ार करना होता है जब तक कोई
उनकी आत्मा में उतर नहीं जाता।

और आत्मा का फोटो उतार पाना
अभी तक सम्भव नहीं हुआ
उसमें सिर्फ उतरा जा सकता है।

इन दिनों कविता का छन्द

इन दिनों ऐसा हो गया कविता का छन्द
कि वह हो रही है निरानन्द
भाषा की लय, यानी उसकी साँस
कुछ अधिक उखड़ी-उखड़ी है
वाक्य विन्यास भले ऊपर-ऊपर ठीक ठाक दिख रहे हों
भीतर ही भीतर बुरी तरह टूटे हुए हैं
और अर्थ अपने होने पर इतने संदेह से भरे हैं
कि किसी का भरोसा नहीं हो पा रहे हैं

शायद आप समझ गए हों
मैं आदमी के बारे में कहना चाहता था
और कविता के बारे में बोलने लगा
जैसे कोई बढ़ई बोलना चाहता हो लकड़ी के बारे में
और आरी और वसूले के बारे में बोलने लग जाय
तो मैं बोलना चाहता था उन लोगों के बारे में
जो इन दिनों
झूठ, फरेब, अविश्वास, क्रूरता और हिंसा से
लबालब भरी हुई इस दुनिया में
कविता की तरह ही
सच बोलने की आख़िरी कोशिश में लगे हुए हैं
और असहायता, अकेलेपन और असमर्थता के
इतने मारे हुए हैं

कि भाषा से बाहर
उन्हें कोई और रास्ता दिख नहीं रहा

दरअस्ल इन दिनों
आदमी में कविता एक ऐसा प्रतिपक्ष है
जो किसी तरह खुद के तो बचाये हुए है
लेकिन कुछ बचा नहीं पा रही है
हर रोज़ उसके भीतर कुछ न कुछ मर रहा है
और आदमी है कि उसे फिर भी
कविता में ही कहीं कोई उम्मीद नज़र आ रही है

और यह कोई संयोग नहीं है
कि इस भयानक गिरे हुए समय में मुझे
पहले के अपने एक बुर्जुग कवि की
ऐसी कविता याद आ रही है
जो भाषा के मार्फत भाषा के बाहर उम्मीद जगाती थी
कवि ने अंतिम पंक्तियों में
पूरे विश्वास के साथ कहा था
"हमारी हार का बदला चुकाने आयेगा
संकल्पधर्मा-चेतना का रक्तप्लावित स्वर
हमारे ही हृदय का गुप्त स्वर्णाक्षर
प्रकट होकर विकट हो जायेगा"
और यह विडम्बना ही है कि उसे भी
उस समय कोई ठीक से सुन नहीं रहा था
आखिरकार वह मारा गया और काम आया
इसके बाद ही लोगों ने
अपने ही हृदय के उस गुप्त स्वर्णाक्षर को
कुछ जाना पहचाना

उस समय मैं पच्चीस-छब्बीस का था
आज चौसठ में चल रहा हूँ
इन लगभग चालीस सालों में हुआ यह है
कि उसकी चुनौती भरी कविता के सारे संदर्भ

बदल दिये गये हैं
यहाँ तक कि उन्हें भाषा से बाहर
निकाल दिया गया है

इन दिनों अब जो प्रकट होकर विकट हो रहा है
कविता का वह आदमी नहीं है
जो हमीं में से
अजीब कराह-सा निकल भागा था

इन दिनों के बारे में सोचते-सोचते आप अगर
सुख से नहीं सो पा रहे हैं
तभी शायद यह कविता पढ़ रहे होंगे
वरना
वरना इन दिनों
आप जहाँ, जिस जगह होंगे
एक तरह की विजयी मुद्रा में सुखी होंगे
मैं कबीर को यहाँ दोहराना नहीं चाहता
बहरहाल
ऐसी सूरत में अब इस बात की किसे फिक्र है
कि कविता का छन्द कितना बिखर गया है
अथवा भाषा अपने कौन-से अर्थ खोती जा रही है।

तुतलाने की आवाज

बहुत दिनों से सुनी नहीं थी तुतलाने की आवाज़

शायद बूढ़े होते जाने का तकाज़ा रहा हो
इसी खातिर मैंने छान मारे
न जाने कितने घर कितने परिवार
न जाने कितने बच्चों को उठाया गोद में
किया जी भरकर उन्हें प्यार पर आ गया हैरत में जब
किसी बच्चे को पाया नहीं तुतलाता
सोचा हो रहा यह कौन सा चमत्कार

और माँ-बाप
यह बताते थकते नहीं थे कि उनका बच्चा है होनहार
वह कभी तुतलाया नहीं
पैदा होते ही इतनी साफ थी उसकी ज़ुबान
कि बोलना सीख गया अंगरेज़ी इस तरह
मानो पिछले जन्म में रहा हो वहीं का

इस तरह मैंने जाना कि मेरे देश के होनहार बच्चे
अब बोली-बानियों में तुतलाते नहीं
पेट से ही अंगरेज़ी वर्णमाला और नर्सरी राइम्स
रटकर आते हैं और इशारा पाते ही बिना झिझके

घर आये मेहमान के सामने सुना देते हैं
अन्यथा उनका भावी जीवन
संदिग्ध माना जाता है

उन्हें तुतलाने की फुरसत कहाँ
वे पैदा होते ही जान जाते हैं
एक दिन उन्हें अपनी धरती का अन्न-जल छोड़कर
कहीं और उड़ जाना है
उन्हें अपना जीवन अलग ही बिताना है
वे जानते हैं उन्हें
धूल, मिट्टी, गन्दगी से ऊपर उठना है।

पिछले दिनों देश में पैदा हुए
एक से एक होनहार बच्चे
और मैं हिन्दी में
बच्चों के तुतलाने की आवाज़ सुनने के मोह में
बूढ़ा होता रहा
होनहार बच्चों के माँ-बाप घूमते रहे लन्दन और न्यूयार्क
और मैं लोक भाषाओं की मिठास में डूबा
भारतीय संगीत और कलाओं के गुण गाता
स्वयं को सुरुचि-सम्पन्न-सभ्य नागरिक
समझने के फेर में इस उम्र में भी
सड़कों पर पैदल चलता रहा

लौट रहा था यही सोचता एक दिन दोपहर में
तभी अचानक सुन पड़ी ''बुन्देली'' में बच्चे को डाँटती
एक स्त्री की आवाज़ तो चौंक पड़ा और देखा
उसके सिर पर एक भारी सी पोटली थी
एक हाथ में किरमिच का मैला सा झोला
दूसरे हाथ से वह कन्धे से चिपके हुए बच्चे को थामे थी

वह चैत का महीना था
शायद वह चैतुओं के डेरे की तरफ जा रही थी
उसके पीछे-पीछे एक नंग-धड़ंग बच्चा चल रहा था
सड़क तप रही थी
उसके पाँव जल रहे थे, वह कहे जा रहा था
उसे "ततूरी"* लग रही है

मैं जो तुतलाने की आवाज़ सुनने की तलाश में निकला था
सुन नहीं पाया उस बच्चे के तुतलाने की आवाज़
उठा नहीं सका उसे अपनी गोद में और देखता रहा
डामर की सड़क पर जलते हुए
तोतली आवाज़ के नंगे पाँव

घर लौटकर पता नहीं, किसे बचाने के लिए
मैंने लिखी यह कविता, जबकि मैं अपना
लोक और परलोक दोनों ही खो चुका था।

***बुन्देली भाषा में:—** नंगे पाँव चलते हुए तलुवों को लगने वाली धरती की जलन

गाय

गायें हमारे जीवन से क्या गईं
घरेलू सुन्दरता आँखों का अपनापन
अकिंचनता के ऐश्वर्य का विश्वास और धीरज
जीवन से चला गया

सुबह-सुबह की पवित्रता का
भोला-भाला शकुन जीवन से चला गया

अब उनका कहीं कोई धनीधोरी नहीं दिखता
पता नहीं चलता वे
कहाँ से आती हैं, कहाँ चली जाती हैं
सारा दिन दरवाज़े-दरवाज़े भीख माँगती,
दुत्कार सुनती, मारखाती गलियों-मोहल्लों में
चाहे जहाँ दिख जाती हैं

अक्सर कोई गाय
सड़क के बीचों-बीच
हमारा रास्ता रोककर खड़ी हो जाती है
हम उसे पहचानने से इन्कार करते
बचते हुए ऐसे निकल भागते हैं कि कहीं

वह पीछे-पीछे
हमारे घर न चली आए

वह वर्षों वैसी ही खड़ी रहती है इन्तज़ार में
खड़े-खड़े गिर जाती है, मर जाती है
लेकिन उसे कोई पूछता नहीं आता
हमने अपनी मनुष्यता के नशे में
एक दिन उन्हें अपने घर से हकाल दिया

और अब यह भी याद नहीं आता
हमने कब किसी गाय की पीठ थपथपाई थी
कब उनकी आँखों में
कृतज्ञता की बे आवाज़ भाषा को पढ़ा था
हमें सचमुच याद नहीं आता
हमने कब किसी गाय को
उसके नाम से पुकारा था
और उसने अपनी थूथन हमारे कंधे पर
ऐसे टिका दी थी जैसे
अब उसे कोई चिन्ता नहीं

हमें बिल्कुल याद नहीं आता
हमने कब किसी गाय का रँभाना सुना था
और हमारी आत्मा
पूरी तरह भीग गई थी

वे जीवन में अमृत की धार बनकर आई थीं
आज भी वे जब किसी लायक होती हैं
हम ही उनकी मिठास के पहले वारिस होते हैं

गाय के सहारे इस समय माँ को याद करना
एक तो अतिरिक्त भावुकता होगी

दूसरे मुझे उन लोगों का प्रवक्ता समझ लिया जायेगा
जो गाय के नाम पर ही मरने-मारने पर
उतारू हो जाते हैं

वे पृथ्वी पर कोई लुप्त होती प्रजाति नहीं
फिर भी हमारे जीवन से चली गई हैं।

सत्तावन बरस का आदमी

सत्तावन बरस के आदमी से कोई नहीं पूछता
उसके प्रेम के बारे में
कोई नहीं पूछता
रगों में दौड़ती-फिरती उसकी इच्छाओं के बारे में

यहाँ तक कि सत्तावन बरस के दो आदमी जब मिलते हैं
एक दूसरे से तरह-तरह से बस
यही पूछते रहते हैं, अब कितने दिन और हैं

पर सच पूछो तो सत्तावन बरस का हर आदमी
किसी जवान कंधे पर हाथ रख
उसके कान में कुछ फुसफुसाना चाहता है
अक्सर बिना कुछ कहे चुपचाप
उसे समझना
और कुछ समझाना चाहता है
कम से कम उसके पास कहने को
एक सच्ची कहानी होती ही है
सुनाने के लिए एक सुन्दर कविता
और गाने के लिए एक गीत तो होता ही है

जीवन में पीछे छूट गई चीज़ों को वह

अपनी उम्र की पवित्रता में
नए सिरे से पाना चाहता है

एक बार फिर वह उन-उन जगहों पर जाना चाहता है
जो उसकी उम्र के पड़ावों में ख़ामोशी से दर्ज हैं
लेकिन वह जहाँ भी जाता है उसे
साठ के पार की फेन्सिंग दिखा दी जाती है

और कोई नहीं जानता
कि सत्तावन बरस का आदमी उस समय
कौन सा समन्दर लाँघ रहा होता है।

बस उसी को समझा नहीं पाया

बस उसी को समझा नहीं पाया
जिसे समझाने में बिता दी उम्र

बस उसी तक पहुँचा नहीं पाया अपनी आवाज़
जिसके लिए गाता फिरा हर राग

बस उसी को दिखा पाया नहीं अपना चेहरा
जिसके लिए धारे कितने रूप

यह नहीं कि कहीं कोई पत्थर या बुत था
जिससे फोड़ता रहा अपना माथ

एक भरा पूरा जीवन था
और सब कुछ हो रहा था
जैसे होते हैं जन्म-मृत्यु, उत्सव, तीज-त्यौहार

बस एक वही नहीं था
जिसे होना था जीवन में
कम से कम एक बार।

अकेले में धन्यवाद

जिन लोगों से घिरा रहा जीवन भर
हरदम जिनके सुख-दुख में जिया-मरा
जिनके लिए मैं और जो मेरे लिए हर मौके पर
रहे अनिवार्य
ऐसा क्यों हुआ
कि साठ की उम्र तक आते-आते भी
बन नहीं सका उनमें से सचमुच का कोई ऐसा रिश्ता
जिसे कहते हुए रिश्ता शब्द छोटा पड़ जाता

जिनसे कुछ बना, उनसे बना इतना अचानक
बिना ज्यादा जाने-पहचाने, बिना ज्यादा रहे-सहे
एक दूसरे के साथ कि उसे
महज संयोग के कुछ और कहा जा नहीं सकता

बेहद अकेले में
खुद के भी होने का पता न चले, इतने अकेले में
खटखटाया जिसने दरवाजा उसका हाथ तो
खुली आँखों के सामने जीवन में इतनी दूर, इतने पीछे,
इतने अँधेरे में इतना खामोश रहा कि कभी-कभी तो लगा
जैसे हो अपना ही हाथ

सदी के अन्त की इस भाग दौड़ में
न जाने कैसे बचे रह गये इस साथ को कहाँ ले जाकर
किस माटी में रोप दूँ कि अगली सदी में वह
जाने-अनजाने थोड़ा बहुत ही
किसी को दिखाई दे जाय

रहे वे लोग, जिनके बीच गुजारी उम्र तो अब उनके साथ को
किस भाषा में कहूँ जिससे सचमुच निकले यह अर्थ कि उनके बिना
जीवन सम्भव ही कहाँ था
उनके बिना मिलते कैसे जीवन के इतने स्वाद

किस तरह दूँ उन्हें धन्यवाद कि वह
सिर्फ धन्यवाद जैसा न लगे।

स्त्री और पुरुष

स्त्री और पुरुष मिलते हैं जब
बीच की सारी दुनिया हवा हो जाती है

नीलाकाश में कसा कसमसाता समुद्र
देहाकार में बँधा पछाड़ें खाता निराकार
न सूरज निकलता है न चाँद
न तारे टिमटिमाते हैं
सिर्फ बिजली कड़कती है लगातार
सिर्फ बारिश ही बारिश अटूट धार

बारिश का थमना, समुद्र का शान्त होना
सूरज और चाँद का निकल आना
तारों का अपनी-अपनी जगह से झाँकना
दुनिया का सपने से जाग उठना
दोनों को दो किनारों पर लगा देता है

फिर इसके बाद
अपनी-अपनी जगह से
सब कुछ नये सिरे से रचकर

जीवन में सिद्ध करना
इतना कठिन होता है
कि जीवन गुज़र जाता है
और पता नहीं चलता।

और इसके बाद

बचपन से ही ऊबड़ खाबड़ ऊँचे-नीचे रास्तों पर
चलते-चलते लगातार
न जाने कितनी बार दिखाई दी
सावधान करती यह सूचना कि बस इसके आगे
सीमा समाप्त

और मैं हर बार गिरता-पड़ता
सूचना की परवाह किये बिना आगे बढ़ गया
हर बार खुद को थोड़ा झाड़ पोंछकर
हर बार टूटा-फूटा
इधर-उधर बिखरा हुआ सामान
बटोरकर

और अब आ गया हूँ ऐसे इलाके में
जहाँ कहीं लिखा नहीं मिलेगा
कि इसके आगे
सीमा समाप्त
और इसके आगे कहीं कोई
सीमा नहीं रह जायेगी

और इसके बाद तो चाहे जैसा हो रास्ता
सिर्फ चलते ही चले जाना होगा
लगातार।

एक बार फिर आऊँगा

एक बार फिर आऊँगा
आऊँगा और फिर से आग के
गोल-गोल घेरे से होकर निकलूँगा
और अबकी बार तो
आग के दरिया पर
तैर कर दिखाऊँगा

एक बार फिर काजल की
कोठरी में जाऊँगा और लीकों ही लीकों वाले
चेहरे में
और भी खूबसूरत
लगकर दिखाऊँगा

भागती-दौड़ती इस उम्र को
एक क्षण रोककर जो कहना चाहता था
तुम्हारे कान में अबकी बार उसे
कहकर ही जाऊँगा

पुनर्जन्म के बारे में कुछ भी जानता नहीं
लेकिन कविता में लौटकर आने का
भरोसा न होता तो अब तक
कब का डूब गया होता।

मेरे बच्चो

मेरे बच्चो
वे तुम्हारे कुछ ज़्यादा ही पास आयेंगे
कुछ ख़ास हमदर्दी जताते

तुम जो उस समय तक दुख से उबर कर
कुछ बेहतर हो चुके होगे
वे बार-बार तुम्हारी आँखों में आँसू उकसायेंगे
वे जो मुझे इस समय भी पल-पल मारने में लगे हैं
उनके कारण भी थोड़ा बहुत जिया मैं
उन्हें चुपचाप देखना शामिल होते
और मेरी ख़ातिर यह एक और तकलीफ
सह लेना, मेरे बच्चो

ऐसे मौकों पर भी अब कठिन हो गया है
सच और झूठ को अलगा पाना
और मैं एक ज़िद्दी आदमी की तरह
बस एक ही काम में लगा रहा
कि मरते-मरते
शायद दिखा पाता अलगा कर
सच बोलने की आवाज़।

उसे तो चलना ही था

उसे तो चलना ही था
बहादुरी दिखाने या शेखी बघारने के लिए नहीं
उसकी मजबूरी थी कि बिना उस पर चले
उसका रास्ता तय नहीं होना था

पहली कोशिश में वह गिर पड़ा लहूलुहान होकर
और उसे पता नहीं चला कब कहाँ
तमाशबीन इकट्ठे हो गए
एक घाघ आदमी ने उसे हिकारत से देखते हुए कहा
कि वह तो उसे पहले से ही जानता था
आता जाता कुछ है नहीं और
चला था तलवार की धार पर चलने

वह चुपचाप लगा रहा
उसे तो पहुँचना था उस तरफ और वह
उसके जीवन-मरण का सवाल था
आखिरकार एक दिन वह
निकल ही गया उस तरफ जहाँ पहुँचकर
कम से कम थोड़ी देर के लिए
रहना चाहता था अपने आप में
भूल जाना चाहता था सब कुछ

जब बहुत सारी तालियों की आवाज़ गूँजी उसके कान में
तब टूटा उसका ध्यान और उसने जाना कि तमाशबीन
फिर इकट्ठे हो गए थे
अब वह सचमुच रहना चाहता था बिल्कुल अकेला
थोड़ी देर चुपचाप गुमसुम

कि तभी सुनाई दी उसे उसी घाघ आदमी की आवाज़
जो सबको सुनाकर कह रहा था कि उसने तो
गोद में खिलाया है उसे
कि वह तो बचपन से जानता था उसे कि
वह है कितना होनहार।

उम्र जब झटका देती है

अगर आप कुछ हटकर
कुछ अलग तरह का जीते हैं जीवन
कुछ अलग, कुछ बेहतर करने के लिए
और पहुँचना चाहते हैं किसी ऐसी जगह
जो केवल आपको अपने संसार की तरह
दिखाई देती है कहीं

तो निश्चय ही लड़ते-झगड़ते उसके लिए
आपके जीवन में एक समय ऐसा भी आयेगा
जब आपको अपनी ही उम्र
इतनी ज़ोर का झटका देगी कि एक क्षण को
आप भरभरा कर रह जायेंगे

और तभी इस दी हुई दुनिया का एक चतुर सुजान
आपके इतने करीब आयेगा कि आप
उसका चेहरा भी ठीक से देख नहीं पायेंगे
मानो न जाने कबसे बैठा रहा हो वह
इसी वक्त की ताक में

वह आयेगा और आपके कान में
इस तरह फुसफुसायेगा कि आस पास बैठे और लोग

न सुनते हुए भी आखिर सुन ही लें
जिसका भाव यह होगा
—बस बहुत हो गया, चलो, वापस चलो
कितनी बार कहा तुमसे जैसे सब चलते हैं वैसे चलो
अभी देर नहीं हुई, छोड़ो सब झंझटें, आराम से रहो
आखिर वह सब भी तो करके देख लिया
जिस पर अड़े रहे अब तक
क्या मिला तुम्हें
और आखिर में उठेगा वह इस विजयी भाव से
कि वह जानता था कि अंत में विजय तो
उसी की होगी

और भाई उम्र जब झटका देती है तो आप ही क्या
बड़े-बड़े पहाड़ भी हिल उठते हैं
लेकिन ऐसे क्षण में अगर आप आ गये उस
चतुर-सुजान के झाँसे में
तो फिर समझो कि आ ही गया आपका अंत
फिर इससे फर्क़ क्या पड़ेगा कि इसके बाद
अगर आप जिये भी सौ साल।

तेज़ रफ्तार गाड़ी

बैठे और लेटे हुए लोगों के बीच उसे
खड़े होने भर की जगह चाहिए थी जिसे
इस डिब्बे से उस डिब्बे तक
दौड़ाया जा रहा था

किसी छोटे स्टेशन पर तेज़ रफ्तार गाड़ी का
साँस लेने भर को रूकना ऐसी मेहरबानी थी
जिससे कुछ मिलता नहीं लेकिन अहसान से
दबे रहना पड़ता है

शक्ल-सूरत और पोशाक से
ऐसा लग रहा था मानो
वह पिछली सदी से पैदल चलता-चलता
अभी-अभी ही
किसी रेल्वे स्टेशन पर पहुँचा हो
उसकी उम्र भी कुछ ऐसी दिख रही थी जैसे वह
इस हड़बड़ी में निकला हो
कि पता नहीं फिर कभी समय मिले या नहीं

वह जिस तरह डिब्बों की तरफ देख रहा था
उससे साफ था, उसे यह भी नहीं मालूम

कि यात्रा के नियम अब वे नहीं रहे
जिनमें लोग एक दूसरे के लिए
जगह बना लेते थे

दूसरे मुसाफिरों के पीछे-पीछे
वह इस तरह भाग रहा था
जैसे कोई न कोई
उसे बिठा ही देगा डिब्बे की भीतर
फिर गाड़ी चल दी और पता नहीं वह बैठ पाया या नहीं
थोड़ी देर बाद जंगल में गाड़ी अचानक रुक गई
कोई आदमी जो पायदान पर लटका था
नीचे गिर गया था और चेन खींच दी गई थी

वह तो जंकशन पर पहुँचने के बाद मालूम हुआ
कि इस चक्कर में तेज़ रफ्तार गाड़ी
डेढ़ घंटा लेट हो चुकी थी
जिन्हें समय से पहुँचना था
उनका टाइम-टेबिल
गडबड़ा गया था
सब बहुत परेशान थे

लेकिन आखिर तक किसी ने
यह पता नहीं लगाया
कि गिरने वाला वही आदमी या कोई दूसरा था।

अपने देश में

अपने देश में
पानी जब नहीं बरसता तो नहीं बरसता
आप चाहे जितना पसीना बहायें
सूखे गले से चाहे जितना चीखें-चिल्लाएँ
एक-एक बूँद के लिए कितना भी तरस-तरस जाएँ
पानी नहीं बरसता तो नहीं बरसता

लेकिन जब बरसता है तो बरसने के पहले ही बाढ़ आ जाती है
हर बरस हमारी ब्रह्मपुत्र ही सबसे पहले खबर देती है
कि बरसात आ गई है
जब तक हमें खबर होती है तब तक सैकड़ों गाँव
जलमग्न हो चुके होते हैं

जब मैं स्कूल में पढ़ता था, उन दिनों
अखबार में छपी, बाढ़ ग्रस्त इलाके का मुआयना करती
किसी हेलीकाप्टर की तस्वीर से पता चलता था
अब इधर सुविधा हुई है
अब हम घरों में कुर्सी पर बैठे-बैठे डूबते गाँवों के
जीते-जागते दृश्य देखकर जान जाते हैं
कि बरसात आ गई है

हम हर साल इसी तरह बरसात के
आने का इंतज़ार करते हैं।

भादौं में क्वाँर की धूप और कविता

दिन-रात जो साहित्य से खेलते हैं
उसी को ओढ़ते-बिछाते हैं
उसी का नाम ले-लेकर पीते हैं-खाते हैं
मैं ऐसे दिमाग़ों को हिला देने वाली कविताएँ
लिख नहीं पाता

अपने ही देश-दुनिया की
अपनी ही भाषा में पले-बढ़े लोगों को ही
ठीक से देख-समझ नहीं पाया अब तक तो
कैसे लिखूँ ऐसी कविता जो हिन्दी भाषा में
होते हुए भी
कुछ इस तरह ऊँची दिखे कि अंग्रेजी के
तरह की हो जाए
अर्थात् उसका हर शब्द ऐसा हो
जो अर्थ देते-देते रह जाय
वह अर्थ न दे लेकिन देता हुआ सा दिखे
यानी कहीं कुछ ऐसा ज़रूर हो जो
महान-सा लगे

दरअसल मेरा ध्यान उन अनुभवों और
प्रतीतियों तक ही जा पाता है जो मेरे हिसाब से
मेरी दुनिया के जीने-मरने के सवाल

बनकर सामने आते हैं

जैसे अब इस बार के मौसम की इस
बरसात को ही लो
जो अभी तक न जाने कितने दिनों से
कहीं ऐसे छिपी पड़ी थी मानो अब आने
ही वाली नहीं
कुछ ऐसा निकला भादौं का यह महीना
जैसे आ गया हो कोरा भदेस क्वाँर
और अगर आपने सचमुच देखी है
क्वाँर की धूप और धमक
और धोखे से भी कभी हुए हों उसके शिकार
तो कम से कम हफ्ते भर को तो
लग ही गए होंगे खाट से
इसलिए क्वाँर की धूप में पैदल चलकर
पसीना सुखाए बिना
बिना किसी छाँह में घड़ी भर सुस्तायें प्यास के मारे
अगर गटागट लोटा भर पी गए पानी
तो समझ लो याद आ जायेगी नानी जो कहा
करती थी
बेटा, क्वाँर करेला कार्तिक दही
मरौ नहीं तो परौ सही

सो भाई साहब यह भी नोट करें
कि क्वाँर में करेला
और कार्तिक में दही मत खाना
और इतना सब सुनने-समझने के बाद
भूल से यह मत कह बैठना
कि क्वाँर की धूप में मील दो मील पैदल चलने का
अवसर ही आपके जीवन में नहीं आया
तो फिर मैं क्या करूँगा
और मेरी कविता कहाँ जायेगी

खैर छोड़िए... फिलहाल मेरी समस्या तो यह है

कि भर भादौं में आ जाये क्वाँर जैसे आया इस साल
तो ऐसे क्वाँर को भाषा में कैसे कहूँ
और क्वाँर के लगते ही धूप की धमक की जगह
होने लगे धुआँधार बरसात तो इस भादौं
भरे क्वाँर को भाषा में कैसे सहूँ
और फिर बात मौसमों तक ही तो रही नहीं आती

बहुत दिमाग मारा पर चला नहीं और बार-बार
आता रहा बस यही एक ख्याल कि
पिछले साल जब
थोड़ा सा गड़बड़ाया था मौसम
तो मौसम को इतना ले उड़े थे बाज़ार
आलू पहुँच गया था पन्द्रह रुपये किलो
और बीस के ऊपर पहुँच गई थी प्याज़
और इस साल तो मौसम के बहानों की
झड़ी लगी हुई है
अल्लाह जाने क्या होगा इस साल
अगर मँझोले से एक आलू की कीमत
एक रूपये से ज्यादा हो जाए और मुट्ठी में आसानी से आ जाने वाली
प्याज़ की एक गाँठ
दो तीन रूपये तक पहुँच जाये
तो वह कविता किस तरह लिखी जाये
जिसमें भादौं में क्वाँर की विरूपता
और क्वाँर में धुआँधार बारिश की
भनक तक न आये
भले दिन-ब-दिन बोली जाने वाली भाषा पर
गिरती रहे गाज
और कविता की बारीक सुन्दरता
आकर्षक साध्वियों की तरह
अमल-धवल रही आये

बस इसी तरह के झंझटों में
पड़ा रहा जीवन भर

और समझ नहीं पाया
कहाँ से आती है वह भाषा
जिसमें बचपन में चढ़ी उतरी ऊँची-नीची गालियों की
याद कुछ इस तरह आती है मानो आप
निकले हों पिकनिक मनाने पुराने दिनों में
न कहीं कोई यातना
न कोई उल्लास, न कोई कसक
न कोई ऐसी फाँस
जो निकाले न निकले
सब कुछ इतना-इतना भला कि किसी को भी
आपके बचपन से
ईर्ष्या होने लग जाए

पता नहीं कहाँ से आती है वह भाषा
देखा छुआ नहीं जा सकता जिसे
जिसे न कोई बोलता है न गाता है
जिसमें न कोई लड़ता-झगड़ता है
न प्रेम करता है

जिसके पन्ने दर पन्ने पढ़ते चले जाओ
कभी अपने घर का पता नहीं बताती
सुना है वही है जो आजकल
मर्मज्ञों, गुणीजनों के दिमाग़ों को उकसाती है

मैं ऐसी कविता कोशिश करने पर भी
कभी लिख नहीं पाया।

एक अभिनन्दन समारोह से लौटते हुए

सहने की इतनी सारी ताक़त थी मुझमें
इसके पहले पता न था

पता नहीं था मेरा अपमान विसर्जित करा दिया जायेगा
मेरे ही हाथो, जिसको मैंने बहुत सुरक्षित रख छोड़ा था
अपने भीतर इसलिए कि वह भी बल देता है
ठीक रीढ़ की तरह तना वह
उठ पड़ने में अक्सर बहुत मदद देता है

वह मेरे भीतर जीवित था जिसके चलते
था मैं इतना अलग कि अक्सर पहचाना जाता था
उसे सिराकर किसी एक खामोश नदी में
लौटा हूँ जब खाली हाथों
घेरे है मुझको एक गुमनाम उदासी
देख न ले उसको कोई बस इस प्रयत्न में
पता नहीं अब कितने-कितने रूप धरूँगा

इतनी सहन शक्ति की द्विधा-व्यथा
किस-किस रास्ते होकर निकलेगी
क्या मैं उसका कोई रूप बना पाऊँगा

अपने भीतर रचा-पचा कर उसे
कहाँ किस ठौर ठिकाने रख पाऊँगा
इतना अच्छा-अच्छा होकर कितना अच्छा रह जाऊँगा

सहने की ताकत इतनी सारी
कब-कब पलती रही देह में
इसके पहले पता न था।

यह महज़ संयोग है

अभी पृथ्वी इतनी छोटी नहीं हुई कि गेंद की तरह
उनकी मुट्ठी में आ सके
और समुद्र इतने उथले नहीं हुए कि उनके लिए
टेनिस का कोर्ट बन सके

और यह महज़ संयोग है
हमारी किसी बचाव की तैयारी के तहत नहीं कि अभी
बहुत सारी चीज़ें
कुछ लोगों की पकड़ के बाहर हैं

वैसे उनके नक्शों पर
पृथ्वी और आकाश के बीच जो भी जगह खाली है
उसके प्लाट्स काटे जा चुके हैं और उन पर
ताले डाले जा चुके हैं

और हम आदिवासियों की तरह आज भी
खुले आकाश के नीचे
अपनी दारुण अकिंचनता में
रोते हैं, गाते हैं
गाते हैं, रोते हैं

सूरज हमारा है, चन्द्रमा हमारा है
हमारा है आकाश, वायु, जल
और धरती हमारी है।

जैसे सब कुछ खेल की तरह था

जैसे सब कुछ खेल की तरह था

कहीं मैदान था कहीं पहाड़ कहीं समुद्र कहीं जंगल
कहीं बर्फ कहीं दलदल कहीं रेत ही रेत
अब इन सबको मिलाकर एक घर बनाना था
और घर बनाना खेल नहीं था

मैं पहाड़ काटकर मैदान पर उतारता
तो वह मैदान रह नहीं जाता
थोड़ा बहुत मैदान उठाकर ऊपर ले जाता
तो वह पहाड़ हो जाता

नदी कोई नीचे उतर आने के बाद
ऊपर जाने का नाम नहीं लेती
रहा समुद्र तो मुश्किल से खोज पाया था सतह
उसे ऊपर उठाकर अब तक का सारा किया धिया
डुबो देना था

सूरज और चाँद एक-एक ही थे
उन्हें सभी जगह जाना था सो किसी को भी
रोककर रखा नहीं जा सकता था

आखिर हवा-पानी-धूल-मिट्टी-रेत से दोस्ती हुई

तो आग पैदा हुई इस तरह
जीवन चला
फिर भटकते-भटकते कहीं किसी पेड़ के नीचे
छाया मिली,
छाया से सुख, सुख से चैन मिला
छाया में सुख-चैन का छोटा सा घर बनाने की
इच्छा हुई
तो बिना बुलाये ऊपर से उतरकर
दुखों के पहाड़ रास्ते में आ गये
आखिरकार उन्हीं के बीच रहने लगा

कभी-कभी इन पहाड़ों के बीच
दिख जाती बहती कोई नदी तो लगता
नदी के किनारे है मेरा घर
कभी-कभी ऐसा भी होता कि एक तरफ सूरज
और दूसरी तरफ चाँद भी दिख जाता
तो तारे आसमान में अपने आप
मुस्कराने लगते

इस तरह कभी-कभी बचपन में
काग़ज़ पर उतारा घर यकायक
थोड़ी देर के लिए ज़िन्दा हो जाता

अब यहाँ तक कैसे आया
और इस बीच मेरी रातों की नींद
मेरे सुख और चैन का क्या हुआ
और कैसे-कैसे कटा जीवन और बाकी सब
कब-कब, कैसे-कैसे, क्या-क्या हुआ,
इतना सब एक साथ तो बतलाया जा नहीं सकता

फिलहाल इतना ही
कि सबकुछ खेल की
    तरह था
    खेल नहीं था।

पल-पल के हिसाब वाले इन दिनों

पल-पल के हिसाब वाले इन दिनों
यह अचरज की बात नहीं तो और क्या
कि आपकी बेटी के ब्याह में आपके बचपन का
कोई दोस्त अचानक आपकी बगल में
आकर खड़ा हो जाय

न कोई रिश्तेदारी, न कोई मतलब
न कुछ लेना-देना, न चिट्ठी-पत्री
न कोई खबर
न कोई सेठ, न साहूकार
एक साधारण सा आदमी
पाटता तीस-पेंतीस से भी ज़्यादा बरसों की दूरी
खोजता-खोजता, पूछता-पूछता घर-मुहल्ला
वह भी अकेला नहीं पत्नी को साथ लिए
सिर्फ दोस्त की बेटी के ब्याह में शामिल होने
चला आया

मैंने तो बस यूँ ही डाल दिया था निमंत्रण पत्र
याद रहे आये पते पर जैसे एक
रख आते हैं हम गणेश जी के भी पास
कहते हैं बस इतना सा करने से

सब काम निर्विघ्न निबट जाते हैं

खड़े रहे हम दोनों थोड़ी देर तक
एक दूसरे का मुँह देखते
देखते एक दूसरे के चेहरे पर उग आई झुर्रियाँ
रोकते-रोकते अपने-अपने अन्दर की रुलाई
हम हँस पड़े
इस तरह गले मिले
मैं लिए-लिए फिरता रहा उसे
मिलवाता एक-एक से, बतांता जैसे सबको
देखो ऐसा होता है बचपन का दोस्त

तभी किसी सयाने ने ले जाकर अलग एक कोने में
कान में कहा मेरे,
बस बहुत हो गया, ये क्या बचपना करते हो
रिश्तेदारों पर भी ध्यान दो
लड़की वाले हो बारात लेकर नहीं जा रहे कहीं

फिर ज़रा फुसफुसाती आवाज़ में बोले
मंडप के नीचे लड़की का कोई मामा आया नहीं
जाओ, मनाओ उन्हें
और वे तुम्हारे बहनोई तिवारी जी जाने किस बात पर
मुँह फुलाये बैठे हैं

तब टूटा मेरा ध्यान और यकायक लगा
कैसी होती है बासठ की उम्र और कैसा होता है
इस उम्र में तीसरी बेटी को ब्याहना

खा पीकर चले गये रिश्तेदार
मान मनौवल के बाद बड़े-बूढ़े मानदान

ऊँचे घरों वाले चले गये अपनी-अपनी घोड़ा-गाड़ियों
और तलवारों-भालों की शान के साथ

बेटी को विदा कर रह गया अकेला मैं
चाहता था थोड़ी देर और रहना बिल्कुल अकेला
तभी दोस्त ने हाथ रखा कंधे पर
और चुपचाप अपना बीड़ी का बंडल
बढ़ा दिया मेरी तरफ

और मेरे मुँह से निकलते-निकलते रह गया
अरे तू कब आया।

गाने की मनाही नहीं

गाने की मनाही नहीं
इसके बाद भी कहीं कोई नहीं गा रहा हो
गुनगुनाने लग जाता था जो भी मन ही मन एकान्त में

अगर वह भी नहीं गुनगुना रहा हो
तब कौंनसी धारा लगी होती है शहर पर
यह जाकर उससे पूछो
जो बार-बार
वजह-बेवजह
करता रहता है घोषणा लगातार
कि गाने की मनाही नहीं।

एक डर था

एक डर था
आखिर वह हो गया
अब कह रहे सब
खो गया वह जिसे बचा रहना चाहिए था
सब कुछ हुआ सब की आँखों के सामने
दिन दहाड़े हुआ डंके की चोट पर
खुली तो थीं लेकिन जैसा कहा जाता है
जब तक आँखें खुली तब तक
सब तमाम हो गया

अब हम सब जो जीवन के दावेदार हैं
मृत्यु के बाद का समूह गीत गा रहे हैं
कहते रहिए अब कि वह
हवा में ऑक्सीजन की तरह था
या स्वाद में नमक की तरह

अब सुनते-सुनाते रहिए किस्से-कहानियाँ
कि अभी कुछ दिनों पहले ही देखा था उसे
किसी आँख की चमक में
या न जाने किसकी खनकती आवाज़ में
किसी की कातर पुकार में
या किसी की सचमुच की प्रार्थना में

सोचते रहिए अब कि दरअस्ल
वह था हमारे इतने आस पास
इतना सहज, इतना खामोश
इतना मामूली सा हमारे बीच
कि जानी ही नहीं उसके होने की कीमत
पूछा नहीं कभी उसका हालचाल
करते रहे उसका इस्तेमाल
कराते रहे बेगार सेंतमेंत में
और वह बनाता रहा हमें
सहृदय, उदार
चुकाई नहीं हमने कभी उसकी कोई कीमत
आखिर वह स्वयं को हमारे बीच मात्र बहस के लिए
विषय की तरह
छोड़कर चला गया

इतिहास में यह दुखी होने का नहीं
दिखने का समय है
अब हम सब मृत्यु के बाद का
समूह गीत गा रहे हैं
इसी में हँस-खेल रहे हैं
इसी में सुख पा रहे हैं।

ऐसे लोग

कुछ लोग कहीं हाशिया नहीं छोड़ते
शब्दों के बीच छोड़ते नहीं इतनी भी जगह
कि जरूरत पड़े तो "शायद" या "हो सकता है"
    जैसे शब्दों को कहीं रखा जा सके

वे इतने व्याकरण सम्मत होते हैं कि उनमें
सुधार की गुंजाइश नहीं होती
अनुशासन, शिष्टाचार और शालीनता के कठोर कवच में
उनका चेहरा देख पाना मुश्किल होता है
वे इतने शान्ति प्रिय होते हैं कि ख़तरनाक हो सकते हैं
इतने विनम्र होते हैं कि हिंसक हो जाते हैं

उनकी आंखें आपको देखते हुए
कहाँ देख रही होती हैं
जान पाना कठिन है
उनके दिल और दिमाग़ का दरवाज़ा कोई
    खटखटा नहीं सकता
वे सपने में भी अपनी कोई खिड़की
    खुली नहीं छोड़ते

वे अवसर पाते ही हमारी—आपकी सुख की नींद में

घोड़ों पर सवार होकर आते हैं और हमसे हमारी
पहचान और पुरखों का पता पूछते हैं
फिर हमें नींद से बेदखल कर इतिहास की
अंधी गुफाओं में ऐसी जगह ले जाकर छोड़ देते हैं
जहाँ से वापस आ पाना आसान नहीं होता

अच्छा यह है कि ज़्यादातर लोग ऐसे नहीं हैं
पर ऐसे ही कुछ लोग ज्यादातर लोगों की
सुख चैन की ज़मीन रौंद रहे हैं

वे बोल चाल की भाषा भी
देव भाषा की तरह बोलते हैं
ऐसे लोगों को
उनकी भाषा से भी पहचाना जा सकता है।

सुरक्षित होने के आतंक में

वह आदमी जो बरसों से बोला नहीं किसी से
कल अचानक मेरे पास आकर लगभग रो पड़ा
कहने लगा भाई साहब बात यह है
मैं खुलकर कभी खेल तक नहीं पाया
बचपन बीता पिता के क्रोध के आतंक में
स्कूल में खुश होकर सीख नहीं पाया कुछ
बद-मिज़ाज-निर्दय अध्यापकों के आतंक में

मनचाही जगहों पर जा नहीं पाया कभी
लीक से हटकर कोई काम कर नहीं पाया
बन्द-बन्द रहा घर के अंदर भी बाहर भी
खिड़की तक खोलकर नहीं रखी
कोई न घुस आये, इस डर के आतंक में

लड़ना-भिड़ना कभी सीखा नहीं, जाना नहीं
कई बार गुस्से में चीखना-चिल्लाना चाहा
पर अन्दर ही अन्दर कुढ़ता रहा बाहर कुछ लाया नहीं
मुंह खोल बोला नहीं, सुन न ले कोई कहीं
बस इसी आतंक में

जीवन में हर कदम फूंक-फूंक रखता हूँ
टकरा न जाऊँ सबसे बच-बचकर चलता हूँ
देख तो नहीं रहा कोई इस तरह गुम रहता हूँ
खुश नहीं लगूँ, खुश भी इस तरह होता हूँ
हंसते हुए पकड़ा न जाऊँ कहीं
ठीक से हंसा नहीं इसी आतंक में

आतंक में डूबी उन जगहों तक तो
आज तक गया नहीं
जहाँ जब चाहे जुबान की तरह
चलती रहती गोलियाँ,
जब चाहे बम फूट जाते हैं, लाशें बिछ जाती हैं
चुपचाप पढ़ता रहता हूँ ख़बरें अख़बारों में
टीवी के पर्दे पर देखता रहता हूँ
खून-सने क्षत-विक्षत चेहरों की तस्वीरें
रोते-बिलखते बच्चे
खा पछाड़ गिरतीं बेसुध स्त्रियाँ
सोचता नहीं था ज़्यादा उनके बारे में जो
हर-पल रहते हैं सचमुच मृत्यु के आतंक में

लेकिन कुछ दिनों से जाने क्या हो गया मुझे
यूँ तो सबकुछ ठीक-ठाक है
शांत है यह शहर,
मैं अपने घर में सुरक्षित हूँ
पर कैसे हूँ इतना सुरक्षित मैं
यही सोच-सोचकर नींद नहीं आ रही मुझे
सोया नहीं हूँ न जाने कितनी रातों से
इस तरह से सुरक्षित होने के आतंक में।

इतनी बड़ी मृत्यु

आजकल हर कोई कहीं न कहीं जाने में लगा है
इस तरह, जैसे हर एक को पकड़ना है
चुपके से कोई ट्रेन
किसी को न हो कानो-कान ख़बर इस तरह
पहुँचना है कहीं उड़कर
अकेले ही अकेले होना है अख़बार की ख़बर में
किसी सूची में पहुँचना है नीचे से ऊपर तक
जैसे किसी मैदान में घुड़दौड़ का होना है
एक मात्र पहला और आखिरी सवार

इतनी अजीब घड़ी है
हर एक को जाने ही जाने की हड़बड़ी है
कोई कहीं से आ नहीं रहा
कोई किसी रोते हुए बच्चे तक के लिए
रुककर कुछ गा नहीं रहा
यह केवल एक दृश्य नहीं है

बुनकर फेंका गया ऐसा जाल है जिसमें
हर एक दूसरे पर सवार एक दूसरे का शिकार है
काट दिए गए हैं सबके पाँव
जैसे स्मृति भर में बचे हैं अपने घर अपने गाँव
ऐसी भागमभाग

इतनी तेज़ी से भागती दिखाई दी नहीं कभी उम्र
उम्र के आगे-आगे सबकुछ पीछे छूटते जाने का
भय भाग रहा है
पकड़ें सारी की सारी ढीली पड़ती जा रहीं हैं
शरीर आखिर शरीर है
लेकिन उसकी प्यास का कहीं कोई अंत नहीं

जिनके साथ-साथ जीना-मरना था
हँस-बोलकर जिनके साथ सार्थक होना था
उनसे मिल पाना मुहाल
संसार का ऐसा हाल तो पहले कभी नहीं हुआ
कि कोई किसी को हालचाल तक बताता नहीं
अब कहीं कोई मेहनत के कारण थकता दिखता नहीं
आराम से किसी पुलिया पर बैठकर
अब कोई पसीना सुखाता नहीं

जिसे देखो वही मन ही मन
कुछ न कुछ बड़बड़ा रहा है
हर एक बेशर्मी से अपना झंडा फहराये जा रहा है
चेहरों पर जीवन की हँसी, दिख नहीं रही कहीं
इतनी बड़ी मृत्यु
कोई रोता दिख नहीं रहा
कोई किसी के साथ नहीं हो रहा
कोई किसी को बतला नहीं पा रहा है
वह कहाँ जा रहा है।

डोंगियाँ नहीं डूबतीं

पतन के गहरे नीले समुद्र में
जिस तरह डूबता दिखाई दे रहा यह जहाज़
देखकर, उसे शब्दों में मातम मनाने के अलावा
और कुछ करना शेष नहीं दिखता

लेकिन यह कोई रास्ता नहीं

शोक और अवसाद में डूबे रहने की
अपनी मुद्रा होती है पर वह हो सकती
स्थाई भाव नहीं

मूर्तियाँ तक बदल देती हैं अपने अर्थ सुबह होते ही
प्रकाश में अलग-अलग कोणों से
जीवन के अलग-अलग अर्थ देने लगती हैं

और उन्हीं लहरों पर तटों से दूर-दूर तक क्या
तैरती दिखाई देती नहीं डोंगियाँ
अपनी लघुता में देतीं चुनौती समुद्र को

काल के अनंत नीलेपन में डूबे हैं अब तक
न जाने कितने जहाज़ फिर भी
महाप्रलय की उत्ताल जल राशि में

पत्ते की डोंगी पर लेटा पैरों का अँगूठा चूसता
जो हर बार बचता है
वह मिथक भर नहीं
आज भी किलकारी भर रहा तुम्हारे घर में

उसकी रहस्यमय मुस्कान
आज भी बिखेर रही ऊर्जा तुम्हारे आसपास
उन्हीं से होती हैं हर रोज सुबह आज भी
दिन भर की थकान के बाद
वे हज़ारों-हज़ार आवाज़े जिनके लिए कभी
पूरे शब्द नहीं रहे हमारे पास,
आज भी अपनी अकिंचनता में नाचती हैं
गाती हैं अपने होने के वैभव का गान

समय की चन्द बलवती नीचताएँ
कायर क्रूरताएँ बिगाड़ने के अलावा
बना कुछ नहीं पायेंगी,
और तुमने अगर बाँधा नहीं अपनी डोंगी में
अनाप-शनाप माल-असबाब
लुटाते रहे शब्द-शब्द स्वयं को
समय के अनंत प्रवाह में,
भले तिनके की तरह ही हो
तैरते हुए केवल तुम ही नज़र आओगे

डूबते हैं माल-असबाब से भरे जहाज़
डोंगियाँ नहीं डूबती।

मानो न मानो

(नई सदी के लिए एक अगीत के तीन चरण)

एक

साहित्य को खा गए पुरस्कार
भाषा कर दी गई मनुष्य से इतनी दूर
कि ज़्यादातर
खुद ही लिखते और खुद ही पढ़ते हैं साहित्यकार

इस सदी के अंतिम दिनों के अराजक शोर में
पहले ही डूब चुकी दृष्टियाँ
बाढ़ में कबके बह चुके विचार

अब मानो न मानो
मनुष्यता का पारा उतरते-उतरते जब
शून्य से नीचे उतर जायेगा
तब किसी बर्फ़ीली पहाड़ी के किसी मोड़ पर
पीछे छूट गई टूटी बेन्च वाली चाय की गुमटी की तरह
वह कविता काम आयेगी
जो पड़ी रही वहीं की वहीं
अपनी भाषा में सूखी लकड़ियाँ-कंडे बीनती-बटोरती

एक दिन वही ठिठुरती आत्मा में
चाय के गरम घूँट सी उतर जायेगी।

दो

जब सड़कें सारी मोटरकारों से भर जायेंगी
हवाई उड़ानों के लिए आकाश में मार्ग नहीं बचेंगे
पानी पर जब तैर रहे होंगे सब तरफ केवल
बारूदी जलयान
जब नंगे पाँवों के लिए कोई जगह नहीं होगी
पक्षी जब कर देंगे अपनी सारी उड़ानें रद्द
मछलियाँ पड़ी होंगी जब तल ही तल में खामोश

तब जो जगह धोखे से बची रह गई होगी पृथ्वी पर अबूझ
धरती के किसी कोने में जिस तक पहुँचने के लिए
सब कुछ उतार कर जाना होगा

मानो न मानो
तब वही, केवल वही जगह
पूरी पृथ्वी को रसातल में जाने से
बचायेगी

तीन

मानो न मानो
सच तो यही है कि धर्म सारे के सारे
बन चुके हैं आतंक के हथियार

राजनीति स्वार्थियों की निजी सम्पत्ति हो चुकी
संस्कृतियाँ नव धनाढ्यों के घर

बर्तन माँज रही हैं

अब जबकि उदारता के ताश के
सारे पत्ते खुल चुके हैं
एक दिन बाजार में बेचने ही बेचने वाले बचेंगे
कहीं कोई खरीदने वाला नहीं होगा

तब जो बेचा या खरीदा नहीं जा सकेगा
वही होगा अर्थवान
जो पड़ा रहा किसी धागे के टुकड़े सा
किसी कोने में चुपचाप
वही उठेगा और दुनिया की फटी चादर
सिलेगा।

हिन्दी-दिवस

(हिन्दी भाषा प्रचार के एक पागल हो गये कार्यकर्त्ता को समर्पित)

एक सेवानिवृत्त हिन्दी अध्यापक
नियम से साल में एक बार खादी का धोती-कुर्ता पहन कर
सुबह से इस तरह निकलता है घर से जैसे निकला हो
देश को फिर से आज़ाद कराने

वह नियम से साल में एक बार
जो भी मिलता है उसे रोककर अपनी फटी-बेसुरी आवाज़ में
भारत में बच्चों की दीन-दशा वाला पुराना
रटा हुआ गाना सुनाता है
वह सबसे कहता है
    'हिन्दी में बोलो, हिन्दी में गाओ
    हिन्दी में मिलो-जुलो खुशियाँ मनाओ
    हिन्दी वाले अपने बच्चों को हिन्दी पढ़ाओ
    बच्चों को अंग्रेजी के बोझ तले मत दबाओ
    बच्चों पर रहम करो
    प्यारे माँ-बापो अपने बच्चों पर
    रहम करो'
फिर कभी-कभी सुर बदल कर
चौराहे पर खड़ा हो लगभग चिल्लाने लगता है
    'हे मातृभूमि पर बलि-बलि जाने वालो
    प्यारे-प्यारे हिन्दी भाषा-भाषियो

आओ-आओ सब मिलकर रोवहु भाई
देखो-देखो भारत दुर्दशा न देखी जाई

लेकिन कोई नहीं
कोई नहीं.... कोई नहीं सुनता उसकी आवाज़
सब अपने-अपने बच्चों को सजाधजा कर
कस्बों तक शहरों तक
गाँवों से कस्बों तक
अंग्रेजी माध्यम में घसीटे लिए जा रहे हैं

बच्चे रोते हैं-बिसूरते हैं फिर एक दिन थककर
'ए' फार **एपल** बोलने लग जाते हैं
तब घरों में सत्यनारायण की कथा होती है
बर्थ डे पर केक काटे जाते हैं।

मैं सन सैंतालीस या उसके बाद पैदा नहीं हुआ

मैं सन सैंतालीस या उसके बाद पैदा नहीं हुआ। सिर्फ सात-आठ साल पहले पैदा होने की मामूली सी घटना ने मुझे ऐसी रस्सी से कसकर बाँध रखा है जिसे गुलामी के विरुद्ध आज़ादी का इतिहास कहा जाता है। सैंतालीस में या उसके बाद पैदा हुआ होता तो चुपचाप अपने गटर में पड़ा रहता और आजाद देश में पैदा हुआ नागरिक कहलाता। सारी परेशानी यही कि वे सात-आठ बरस मेरी सारी उम्र पर भारी पड़ गए।

अच्छा होता कि पाँच छै वर्ष को उस कच्ची उम्र में मैंने देखा न होता लोगों के उमड़ते उस सैलाब को जो आजादी के लिए जान देने पर आमादा था। मेरे अपने मुहल्ले के और आसपास के इलाके के चार लोग जेल में बन्द थे और वे कोई बहुत बड़े नेता नहीं, साधारण मनुष्य थे। गुरुदयाल माटसाब जो मुझे पहली में पढ़ाते थे, क्लास में ज्यादातर तो चन्द्रशेखर आज़ाद और भगतसिंह के किस्से सुनाते थे। और प्रार्थना के बाद तो नारे इतने जोरों से लगवाते थे कि खुद उन्हें भी खाँसी आ जाती थी और अक्सर उनकी आँखों से आँसू निकल जाते थे।

एक बार तो शिब्बू, जुगल, मुन्ना और मैं एक जुलूस के पीछे-पीछे चलते सीपरी बाज़ार से किले के मैदान तक कब पहुँच गए पता ही नहीं चला। फिर वापस लौटने में बड़ी देर लगी और खूब पैर दुखे। घरों में सबको अच्छी डाँट पड़ी सो अलग।

अच्छा होता जो हमने देखा ही न होता उन गोरों को जो हमारे छोटे से बाजार में आ जाते तो बाजार लगभग खाली हो जाता। **"बड़े दिन"** पर हमें घरों से बाहर निकलने नहीं दिया जाता। गोरे इस दिन शराब पीकर क्या कर बैठें, किसी को भरोसा नहीं था।

अच्छा होता कि पन्द्रह अगस्त सैंतालीस का जश्न हमने देखा न होता। एक तरफ पूरा शहर शादी के मण्डप जैसा हो गया था तो दूसरी तरफ हमारा गरीब मुहल्ला तक हिन्दुस्तान और पाकिस्तान में बँट चुका था। रोज़ाना शाम को उर्दू पढ़ाने वाले हाफ़िज जी एक दिन सुबह अचानक कहाँ गायब हो गए किसी को पता नहीं चला। बेवा हस्सन की माँ के घर रात में कहाँ से आकर कौन से गुण्डे घुस पड़े कोई जान नहीं पाया।

अपने पिता और यूसुफ चाचा को घर के भीतर, एक दूसरे को गालियाँ बकते और फिर एक दूसरे से लिपटकर सचमुच रोते हुए न देखा होता तो कितना अच्छा होता।

रिटायर होकर इंगलैण्ड वापस जाने वाले गोरे एंजिन ड्रायवर फ्रैंकलिन और उसकी मेम का प्लेटफार्म पर उमड़ी भीड़ में बिसूर-बिसूर कर रोते हुए न देखा होता तो कितना अच्छा होता।

छोटी सी उम्र की याददाश्त के उन कुछ बरसों को किस कुएँ में फेंक दूँ। सैंतालीस में या उसके बाद पैदा हुआ होता तो अट्ठावन बरस की इस उम्र में खुशी के मौके पर मूर्खों की तरह रो तो नहीं रहा होता बेफिक्री से दोस्तों के साथ किसी बार में बैठकर बिना किसी असमंजस के अपनी पचासवीं सालगिरह मना रहा होता।

पहाड़ सा जीवन

यूँ तो कहाँ-कहाँ से गुज़रना नहीं पड़ता

लेकिन परिताप भरे
रास्तों में मिलते हैं जो पेड़ बाहें फैलाये
न्यौछावर करते आप पर अपनी छायाएँ
सूने आकाश में
अचानक उड़ती-चहचहाती
मिल जाती हैं जो चिड़ियाँ
और कहीं दूर... बहुत दूर से भी
पानी की लकीर सी दिखती रहती है जो नदी
धीरज बाँधे बरसों-बरस
पड़ी रहती है
आपकी प्रतीक्षा में कहीं कोई जो जगह
सुनसान

सच पूछो तो इन सबके सहारे ही
कटता है पहाड़ सा यह जीवन
इन्हीं के सहारे आप एक दिन पार हो जाते हैं
और वे सब वहीं के वहीं रहे आते हैं
उसी तरह
करते
आपके किसी और जीवन का
इंतज़ार।

1995 से पहले की कुछ कविताएँ

इन दिनों

इन दिनों जब कभी-कभी
खुश होने का मन होता है
तो यह सोचकर खुश हो लेता हूँ
कितना अच्छा है
कि मैं मध्यप्रदेश का हूँ
और अयोध्या मध्यप्रदेश में नहीं है

कितना अच्छा है
कि मेरा देश भारत है
और बोसनिया भारत देश में नहीं है

कितना अच्छा है
कि सोमालिया के काले-कलूटे भूखे-नंगे बच्चे
हमारे नहीं है

कितना अच्छा है कि फ़िलस्तीनियों की तरह
हम दर-दर के मारे नहीं हैं

कभी-कभी ख़ुश होने के लिए
हमारे पास पर्याप्त कारण हैं
रहा दुख

तो अब उसका तो जीवन भर का साथ है
मैं मुसलमान नहीं हूँ
इन दिनों ख़ुश होने के लिए
यह क्या
कोई कम बात है।

तीजन बाई

महाभारत गाती है तीजन बाई
दुहराती नहीं
गाती है
गाना दोहराना नहीं होता
हर बार नये सिरे से रचना होता है

हाथ में इकतारा लेकर गाते हुए
जब काल को आवाज़ लगाती है तीजन बाई
तो आकाश में देवता
हाथ जोड़कर खड़े हो जाते हैं

चपल अश्वों की रास हाथ में थामें
जब पार्थ का रथ
अपनी देह यष्टि के सहारे से
मोड़ती है तीजन बाई
तो पार्थ सारथी की आँखें
ठगी सी रह जाती हैं
देखो तो घुटनों के बल पृथ्वी पर झुके हुए
अर्जुन को किस तरह अपनी आवाज़ से
ऊपर उठाती है तीजन बाई

बड़े-बड़े योद्धाओं को अपनी धुन पर नचाती है

चार क़दम चलकर पूरी पृथ्वी का
चक्कर लगा आती है
और फिर अपनी टेक पर
पूरी मंडली के साथ
छत्तीसगढ़ की भूमि पर
वापस लौट आती है
तीजन बाई

* * * *

देस-बिदेस की जात्रा कर आई
तीजन बाई

पहचानने लगी है
अलग-अलग तरह का चेहरा
रूप-रंग-बोली-बानी
जानने लगी है नई-नई तरह का
जेवर-गहना कपड़ा-लत्ता
घूम आई हवाई जहाज
बोलने लगी है फॉरेन
भोपाल-बम्बई-कलकत्ता
जान गई अपने बोल का मोल
कर सकती है भावताव
गाँव-गली की हाट से
दुनिया के बड़े बाज़ार का
चक्कर लगा आई है तीजन बाई

* * * *

तीजन बाई!
तुम तो कबसे गाँव-गाँव जाकर
अपने लोगों के बीच गाती रहीं
पंडवानी
लोग तुम्हें सुनते रहे मगन होकर और अपना
कठिन समय बिताते रहे

हमेशा हिम्मत ही तो बँधाता रहा उन्हें
तुम्हारा महाभारत

तो कभी पूछना तो अपने मुरारी से
कि प्रभो!
इन शहराती बबुओं को अचानक क्यों भाई
तीजन बाई
क्या हस्तिनापुर की ख़ुशहाली
छत्तीसगढ़ चली आई
क्या पलट गया मन दुर्जोधन का
मिल गई सबको अपनी-अपनी जोत की भूमि
क्या कोई एक इंच भूमि
भाई के लिए छोड़ने को है तैयार
क्या स्त्रियाँ अब नहीं रहीं सम्पत्ति

तो फिर कौन सी चौपड़ छिपी है
जिसकी गोटें तो दिखती हैं
पर पाँसे अदृश्य हैं

*   *   *   *

तीजन बाई!
सिर्फ तुम्हारा ही नाम नहीं है तीजन बाई
तुम तो जानती हो पूरी की पूरी एक कौम है
तीजन बाई

तुम दुनिया-जहान में घूम आना
गुंजा आना जगह-जगह अपना छत्तीसगढ़ी गाना
लेकिन उनके बीच जाना मत छोड़ना
उनके लिए गाना मत छोड़ना
जो तुम्हारा एक-एक बोल सच मानते हैं
जो न्याय और अन्याय
तुम्हारी ही बोली में
पहचानते हैं।

कपड़े

सूख रहे हैं कपड़े तार पर
कपड़ों के साथ-साथ उनमें
चली आई हैं देहें भी अदृश्य
कहीं किसी बाँह से
अचानक बाहर निकल
हिल रहा है कोई हाथ
रह-रह कर किसी दिशा की तरफ

कहीं किसी पाँयचे में फँसा हुआ कोई पाँव
बाहर निकलने की हड़बड़ी में फड़फड़ा रहा है
गुस्से में ज़ोर से बार-बार
पटक रहा है पंजा

कहीं कोई देह
अपनी ही काया में न समा पाने के कारण
हिलने-डुलने में ही
हाँफी जा रही है

कहीं कोई चेहरा
अपनी कॉलर से ऊपर उठने की कोशिश में
अपनी अकड़ी हुई गरदन

घुमा रहा है बार-बार

कहीं कोई सीना
चार-दीवारी से बाहर आ
खुली हवा को खींचते हुए भीतर
फूला नहीं समा रहा है

कहीं कोई रूमाल जेब से निकलकर
हवा में उड़ा ही जा रहा है
कहीं कोई तौलिया अभी भी
किसी का पसीना पोंछ रहा है

कहीं कोई पल्लू कमर में बाँधे नहीं बँध रहा है
किसी साड़ी का ओर-छोर
वापस देह बनने के लिए मचल रहा है

कहीं कोई तार से गिर
घुटने मोड़ बैठ गया है ज़मीन पर
किसी ने अपनी ही बाँहों में
अपना सिर छिपा लिया है
कहीं कोई
होकर तार-तार भी भर रहा है साँसें लगातार

कपड़े जो सूख रहे तार पर
आये हैं अपनी-अपनी
देहों की कुनकुनी नदी पार कर

वे सूखेंगे, फटेंगे
तार-तार हो जायेंगे
लेकिन जिन देहों से होकर आये हैं
उन्हें छोड़ नहीं पायेंगे।

अपशकुन के खिलाफ

जिन्हें पैदल-चलते लोगों के बीच भीड़ भरे
सब्जी-बाज़ार से निकलना अच्छा न लगता हो
वे नहीं चलें मेरे साथ

जो अपना हाथ मरे हुए चूहे जैसा
जेब से निकालकर आगे बढ़ाते हों
वे नहीं मिलायें मुझसे हाथ

मैं दुनिया के बहुत ज़रूरी कामों से निकला हूँ
अपने आगे-आगे दौड़ते हुए तमाम बच्चों को
स्कूल बस पर बिठाने जा रहा हूँ

मैं नहीं चाहता कि सुबह-सुबह
मेरे साथ कोई अपशकुन हो।

बिना शीर्षक की कविताएँ

जिनका नहीं होता कोई शीर्षक
कोई धनी धोरी
या कोई कुलनाम
वे भी होती हैं कविताएँ
उनके भीतर भी धड़कता है दिल
उनकी रेखाओं से भी
बनता है कोई न कोई नक्शा

जीवन और मृत्यु के बीच झूलती
वे भी जीती हैं अपना अर्थ
वे बहुत सारी मिलकर एक होती हैं
वे मिलकर एक होने से नहीं हिचकिचातीं
उन्हें अलग-अलग करके नहीं
पूरी एक कविता की तरह पढ़ें
उनके बारे में मनगढ़न्त
कुछ भी न गढ़ें
और कभी उनके पास जाएँ
तो इतनी कृपा करें
उन पर अपना कोई शीर्षक
न चिपकाएँ।

विद्यार्थियों को विदा देते हुए

एक

गीली होकर ही मिट्टी ले पाती है कोई आकार
सूखना पड़ता है फिर उसे धूप में
इसके बाद आग में रहना पड़ता है कई दिनों तक

तब जाकर होता है पक्का वह चेहरा मिट्टी का
जो रचना में था।

दो

जहाँ धुआँ है वहाँ आग है
जहाँ आग है वहाँ धुआँ है
यह तो सच है
लेकिन इसके आगे का सच यह है

लपटों के ऊपर उठता यदि धुआँ दिखे तो समझो
आग लगाई गई है

और धुएँ के बीच लपट कोई दिख जाये तो जानो
आग जलाई गई है।

तीन

याद रखना वे नाम
जो सारी यात्रा में तुम्हारे साथ रहे
और आस पास कहीं नज़र नहीं आयें

भूलना मत वे हाथ
जो दिखाई न दें पर कमज़ोर क्षणों में
तुम्हें थामे रहें

सँभालकर रखना हमेशा वे आँखें
जो दूर से ही देखकर सिहाती रहें
तुम्हारे सुखों में।

चार

हो सके तो खोज कर लाना
कहीं से कोई ऐसी काया
जिसे कभी किन्हीं आँखों ने
ललक से देखा न हो

हो सके तो खोज कर लाना
कहीं से ऐसी आँखें
जिनमें कभी कोई
समाया न हो।

सारे प्रयत्नों के बाद जब तुम खोज नहीं पाओगे
तब सचमुच जान जाओगे
दुनिया कितने प्रेम से भरी हुई है।

भगवत रावत

जन्म : 13 सितंबर, 1939 ग्राम टेहरका, जि. टीकमगढ़, मध्यप्रदेश। बचपन से बी.ए. तक की जीवन और शिक्षा झाँसी (उ.प्र.) में। 1957 में विवाह। 1959 से भोपाल में प्राइमरी स्कूल अध्यापक के रूप में कार्य करते हुए एम.ए. बी.एड. तक की शिक्षा। 1966 से रीजनल स्कूल भोपाल में अध्यापन तथ 1969 से रीजनल कॉलेज ऑफ एजूकेशन (एन.सी.ई.आर.टी.) में हिन्दी के व्याख्याता के पद पर कार्य। 1972 से 1975 तक मैसूर (कर्नाटक) में रहने के बाद पुनः भोपाल में पदस्थ। 1983 से 1994 तक हिन्दी के रीडर पर कार्य के बाद दो वर्ष तक 'मध्यप्रदेश हिन्दी ग्रंथ अकादमी' के संचालक के रूप में कार्य। 1998 से 2001 तक क्षेत्रीय शिक्षा संस्थान, भोपाल में हिन्दी के प्रोफेसर तथा समाज विज्ञान और मानविकी शिक्षा विभाग के अध्यक्ष। सितम्बर' 2001 से दिसम्बर' 2003 तक साहित्य अकादमी, मध्यप्रदेश संस्कृति परिषद् के निदेशक और मासिक पत्रिका **'साक्षात्कार'** के सम्पादक।

बचपन से ही लेखन के प्रति रुझान किंतु 1957-58 से गंभीरता से लेखन की शुरुआत। पहले की पत्र-पत्रिकाएँ यथा-ज्ञानोदय, कल्पना, लहर, वातायन, माध्यम, धर्मयुग, साप्ताहिक हिंदुस्तान आदि से लेकर आज तक की लगभग सभी पत्र-पत्रिकाओं यथा-वसुधा, पहल, वागर्थ, समकालीन, साहित्य, पूर्वग्रह, साक्षात्कार, तनाव, आकंठ, दस्तावेज, दस्तक, नवभारत टाइम्स, जनसत्ता, नई दुनिया आदि में 300 से अधिक कविताएँ, अनेक लेख, समीक्षाएँ तथा आलोचनात्मक गद्य प्रकाशित। मराठी, बँगला, उड़िया, कन्नड़, मलयालम, अंग्रेजी तथा जर्मन भाषाओं में कविताएँ अनूदित।

पुस्तकें : कविता संग्रह, 1. समुद्र के बारे में (1977), 2. दी हुई दुनिया (1981), 3. हुआ कुछ इस तरह (1988), 4. सुनो हिरामन (1992), 5. सच पूछो तो (1996), 6. बिथा-कथा (1997), 7. हमने उनके घर देखे (2001)

आलोचना : 'कविता का दूसरा पाठ' (1993)।

पुरस्कार व सम्मान :

1. दुष्यंत कुमार पुरस्कार-1979 मध्यप्रदेश साहित्य परिषद्, भोपाल।
2. वागीश्वरी पुरस्कार-1989 मध्यप्रदेश हिन्दी साहित्य सम्मेलन।
3. वर्ष 1997-98 के लिए मध्यप्रदेश शासन द्वारा साहित्य के शिखर-सम्मान से विभूषित।

विदेश यात्रा : 1989-90 तथा 1990-91 में भारत सरकार की ओर से हिन्दी विषय-विशेषज्ञ के रूप में एक-एक माह की मॉरीशस यात्रा।

सम्पर्क : 129, आराधा नगर, भोपाल-462003 (मध्यप्रदेश)